LOS ESPECIALES DE
A la orilla del viento
FONDO DE CULTURA ECONÓMICA
MÉXICO

Primera edición: 1994

Coordinador de la colección: Daniel Goldin
Diseño: Arroyo + Cerda, y Joaquín Sierra
Dirección artística: Rebeca Cerda
Caligrafía: Blanca Luz Pulido

D.R. © 1994, FONDO DE CULTURA ECONÓMICA
Carr. Picacho Ajusco 227; México, 14200, D.F.

ISBN 968-16-4445-x

Impreso en México. Impresora Donneco Internacional, S.A. de C.V.
Reynosa, Tamps. Tiraje 7000 ejemplares

Las cabritas de
Martín

Concha López Narvaez
Ilustraciones de Carmen Cardemil

para Teresa

¡Qué tarde
tan triste!: se ha
muerto Martín con
sus cinco cabras.

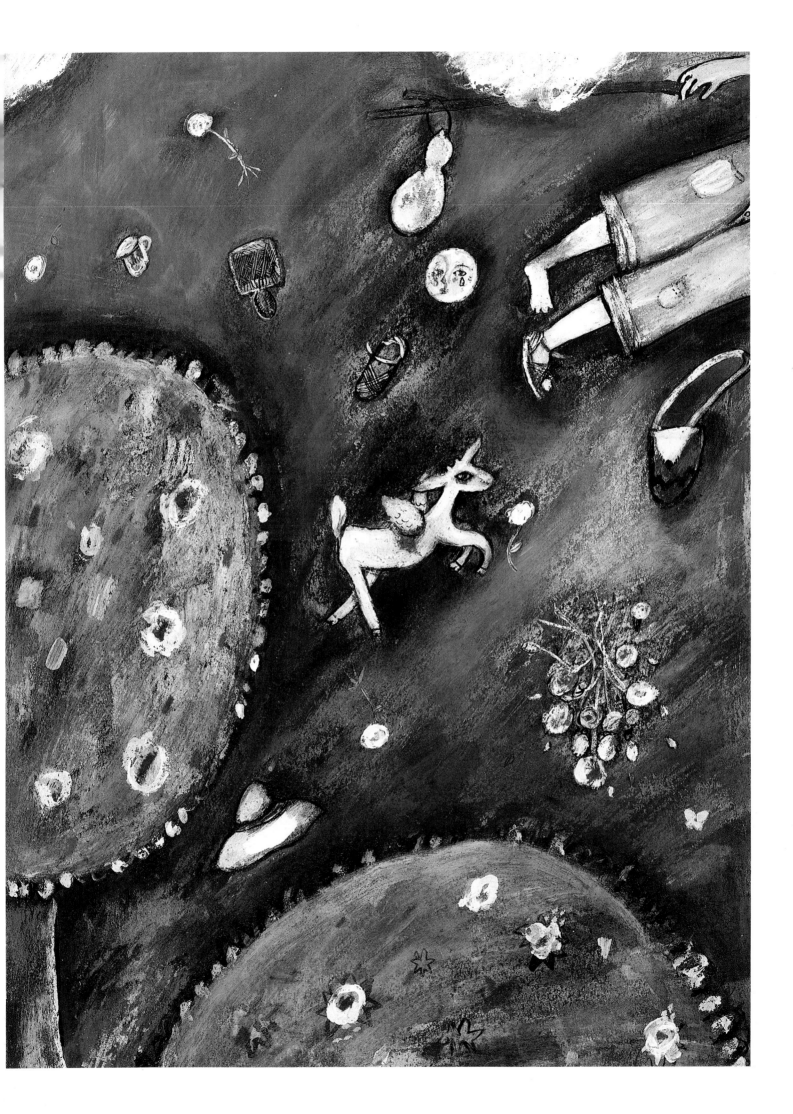

Martín fue amigo de Pablo; también de la abuela. Lo veían todas las mañanas cuando subía al monte.
De día sacaba las cabras para que pacieran

y al atardecer
las llevaba
al pueblo
a dormir
seguras.

Pero esta tarde ya no volverá:
en el monte hubo una gran
tormenta y Martín fue a
buscar refugio debajo de un
árbol, entonces un rayo se
escapó del cielo...

La abuela no puede entenderlo:
—¡Pero ese muchacho en qué
pensaría? Un árbol es el peor
sitio cuando hay tormenta.

Pablo tampoco lo entiende.
—Se le olvidaría —susurra.

Por la noche Pablo no
puede dormir. La abuela
llega a darle un beso.
Pablo se sienta en la
cama y dice:
—Abuela, estoy preocupado.
—¿Por qué te preocupas?
—No sé si Martín
habrá ido al cielo.
—Claro que habrá ido.
—¿Y las cinco cabras?
La abuela se ríe:
              —Pero si las
              cabras son
              sólo
              animales.

–Por eso estoy preocupado.
Sin sus cabras, Martín
no va a ningún sitio.
La abuela piensa unos
momentos. Ahora sus
ojos también están serios,
como los de Pablo. Es
que ellos también piensan
en Martín y en las
cinco cabras.

De pronto la abuela sonríe.
—Yo ya me figuro lo que
habrá pasado en el cielo.
—¿Y qué habrá pasado?
—Pues verás. Martín
llegaría al cielo,
llamaría a la puerta,
y saldría san Pedro,
porque es el portero...

Entonces la abuela pone voz extraña. Parece de hombre.

—Abuela, ¿qué haces? —le pregunta Pablo.

—Pongo voz de santo. Ahora soy san Pedro y digo: "Muchacho, adelante". Y ahora pongo voz de muchacho porque soy Martín y digo: "Gracias, buenas tardes".

Y la abuela sigue. Parece un teatro. Unas veces pone voz de ser san Pedro y otras voz de ser Martín. San Pedro pregunta:

—Muchacho, ¿tú cómo te llamas?

—Me llamo Martín.

—¿Y qué oficio tienes?

—Soy pastor de cabras.

—¿Las cuidabas bien?

—Mejor que a mis ojos.

—A ver, otras cosas: ¿robabas? ¿Hacías daño a alguien?

—¿Robar o hacer daño a alguien? ¿Por quién me ha tomado?

—Disculpa, hijo mío, como otros lo hacen... Bueno, ya puedes pasar, el cielo es tu casa.

—Espere un momento, que llamo a mis cabras.

—¿Tus cabras? No entiendo.

—Mire, aquí están ya. Ésta se llama Romera, aquélla, Rosana, y ésa, Chiquitica.

—¿Qué hacen esos bichos en mi portería?

—Vienen a quedarse. Las cinco son buenas. No roban ni hacen daño a nadie. Mire qué guapillas. Tóquelas sin miedo, que no dan topadas.

—Basta ya, Martín. Llévate a tus cabras. En el cielo no entran animales.

—¿En el cielo no entran animales? ¿Dónde entonces van los que han sido buenos?

—Van, van... Mira, no sé; pero que se vayan.

—Pues si ellas no entran, yo tampoco entro. Adiós, buenas tardes.

—¡Tú no puedes irte!, del cielo nunca se va nadie.

—Verá cómo puedo. Vámonos Romera, andando Rosana, y tú Chiquitica, marcha la primera, que siempre te escapas.

—Espera, muchacho, este asunto es grave. No sé resolverlo. Buscaré al Buen Dios, que Él todo lo arregla.

Los ojos de Pablo brillan de emoción.

—Abuela, ¿qué diría el Buen Dios?

—Espera un momento, que lo estoy pensando —responde la abuela con su voz corriente y enseguida añade—: El Buen Dios dejó lo que estaba haciendo y llegó muy pronto a la portería. Martín esperó en silencio a que Dios hablara.

Entonces la abuela pone voz de ser el Buen Dios y pregunta:

—¿Qué es esto, Martín, es verdad que quieres marcharte del cielo?

—Perdone, Dios mío, no lo tome a mal. Me voy con mis cabras. Las cinco me quieren. Tengo que cuidarlas. Si ellas se quedaran, yo me quedaría.

—Entiéndelo, hijo, no pueden quedarse.

—Entonces me voy.

—¡Espera, Martín, se me ocurre algo! Mira, tú entras con nosotros y ellas se quedan en los prados de hierbas azules que están delante del cielo. Siempre que tú quieras te asomas a verlas, y las acaricias y juegas con ellas. ¿Te gusta mi idea?

—Sí, señor Buen Dios, me gusta su idea.

Ahora mismo entro.
Aguarde un minuto que
le hable a mis cabras...
Vosotras, cabritas, a
pastar contentas.
Andando, a comer
hierbas de color azul.
Y no os asustéis, que
mañana vuelvo.

Se acaba la historia.
La abuela ya calla.
Pablo tiene sueño. Sus
ojos se cierran.
   —Cuando vaya al
cielo, llevo a mi tortuga
—susurra y luego se
duerme.